무기와 악기
김형술 시집

문학동네시인선 014 김형술

무기와 악기

시인의 말

인간의 혀는 왜 새빨갛지? 그래서 새빨간 거짓말이 된 걸까? 그럼 시퍼런 진실이란 말은? 물고기가 죽어서도 눈을 감지 못하는 건 그들에게 혀가 없기 때문이 아닐까?

2011년 11월,
김형술

차례

여름 기도

내가 할 줄 아는 건
그저 뙤약볕 속을 걷는 일

구두 속에 죽은 물고기를 담고
머리카락 속 한 점 불씨를 묻고
악취 나는 붉은 혀를 삼킨 채
아무 말 없이

불타는 초록 무덤 행렬을 지나
온몸으로 피 흘리는 꽃들을 지나
일렁이는 햇빛 기둥을 열고

흔들리는 땅 가까스로 딛어
세상 끝에 닿는다면
그렇다면

저 물고기들에게 혀를
내 뜨거운 머릿속에 창문을
그리고 정오의 저잣거리 한가운데
서늘한 묵언 하나를 세워주시겠는지

스스로 머리를 쓰다듬고
목덜미를 어루만지며

혀를 씻는 침묵 미사의 시간을
보내시겠는지

여전히 내가 할 수 있는 건
햇빛 와글대는 한낮으로 나서는 일

무덤 속 비명들에 귀를 주고
해진 구두 속 질척대는
물고기 주검들과 혀를 나누며

아침

거울 속에 까마귀가 산다. 예고 없는 울음소리로 텅 빈 거울 속을 캄캄하게 물들인다. 퉤퉤 침을 뱉는다. 휘이 휘이 손사래를 친다. 소용없다. 순식간에 거울을 깨고 나와 떼 지어 날아가는 날카로운 울음소리

울음으로 제 깃털을 가다듬는
까마귀의 몸은 아름답다.
둥글게 허공을 휘감으며
지상으로 천천히 내려앉는
검은 비단 한 폭

전선 위, 나뭇가지 가득 비단꽃 피운다. 내 혼곤한 눈썹 끝에 저승꽃 핀다. 흑요석 부리 속에 선혈의 혀를 숨긴 저 우아한 날것

까마귀는 죽은 심장에 혀를 대지 않는다. 새벽의 푸른 혈관에만 부리를 꽂는다. 무심한 눈빛 속에 담겨 있는 무한천공, 아득한 어둠

까마귀 울음소리를 내는 거울 하나를 알고 있다.

생애 마지막의 아침이 왔으니
서랍 속, 가방 속, 땀 젖은 손금 속에

숨겼던 날개들 거두라며

머리맡에 다가와 앉는
어두운 노래 하나를

벽 속의 말

올가미에 목을 매단 채
벽에 걸려 있는 물고기 한 마리

벽을 읽는다
팟팟하게 말라가는 눈으로
벽 속에 갇힌 말의 냄새들
맡는다

한 뼘 벽을 품을 때마다
말 하나의 향기를 가질 때마다
물고기의 몸에서 날아내리는
나비들, 흰 비늘들

벽에 걸린 거울 하나가 문득
깨어진다
물고기의 몸속에서 반짝이던 가을 바다가
꺼무룩히 어두워진다

새끼줄에 목을 매달고도 눈 감지 않는
물고기 한 마리
바람을 읽는다

유유자적 흔들리는 시간을 읽는다

읽고 또 읽어 비로소
제 태어난 바다를 벽 속에
불러모은다

무기와 악기

내 심장을 겨눈 너의 비수는
아름답다
눈이 부셔서
차마 눈을 마주치지 못하고
흔들리다 나는 그만 마음을
놓쳐버린다

나를 겨냥한
완벽한 단문의 문장 하나

너의 분노는
겹겹 비늘을 가진 살얼음이다
온몸을 휘감은 서늘한 살의가
혈관 속에서 꽃망울을 터뜨리는지
네 몸이 꽃처럼 붉다
툭툭 아찔한 체취를 풍긴다

칼날 끝에 부서지는 햇빛
얼어붙은 듯 멈춰 서 흐르지 않는
팽팽한 영겁의 시간

기꺼이 나는 무릎을 꿇는다
눈을 감고

함부로 뛰는 심장의 박동을 네게 맡긴다

머리 위로 쏟아지는 꽃잎
흩날리는 꽃잎을 뚫고 날아오르는 새 한 마리
깃털과 부리와 발목을 적신
저 생생한 피비린내

혼절하며 나는
온몸으로 너를 읽는다
한 줄 바람에도 끊어질 듯 팽팽한
오선지

이미 내 몸은 커다란 공명판이다

말과 구름과 나무

무슨 말로 나무를 그릴 수 있나
어떤 주문으로 나무 속에 들어갈까

나무는 말을 버리고
말은 나무를 이해하지 못한 채
그저 숲가를 서성이는데

그림자를 머리에 이고
그림자도 없이
세상을 떠나는 구름들

구름 속에 커다란 벽들이 있네
어떤 날은 읽히고,
어떤 날은 캄캄한

불타는 도서관이 숨어 있네
절반은 물, 절반은 돌인
저 이상한 경전(經典)들

가벼워라 가벼워

구름 속엔
세상 모든 바람에 흔들리면서

열리지 않는 완강한 서랍들

아무 말 없이도
세상 모든 바람을 읽는 몸이
나무 속에 숨어 있네

말의 몸을 가진 나무
벽의 얼굴을 가진 구름들˙

아아! 나는 열 수 있을까

어둠 속의 거울

거울은 웃지 않는다
그저 무덤덤히 마주 보거나
꺼무룩 한낮을 끄며 캄캄해질 뿐

세상 어디에나 숨어
기척도 없이 인간의 뒤를 밟는
유령의 집 속 유령들인

거울아
한밤중 빠안히 눈 뜨고
머리맡에 다가앉는 거울아

네 속에 감춘 입술들을 뱉어라
앙다물어 피 흘리는 입술들을 쏟아라

우는 옷
웃는 구름을 보여다오
고함을 질러대는 사막
끊임없이 눈물이 새는
깨진 그릇들 비춰다오

한밤의 거울 속에서 누군가 걸어나와
세상의 모든 거울을 깨뜨린다

귓속을 가득 채운 붉은 입술들
귓속에서 흘러내리는 뜨거운 선혈

캄캄하다
먹먹하다

거울을 삼킨 어둠
어둠을 삼킨 거울

분홍고양이

분홍고양이가 나타났다
어디 어디
이 도시의 가장 높은 건물 꼭대기를 향해
사람들이 일제히 거수경례를 할 때
노점상의 과일은 시들고
보도블록 밑 하수구는 끓어오르고

분홍고양이가 날아간다
저기 저기
광장을 지나 공장지대를 건너 산복도로
보랏빛 저녁노을을 향해

분홍고양이가 태어난다 여기저기
검은 비닐봉지를 찢고
플라스틱 쓰레기통 뚜껑을 열고
깔깔깔 웃음을 입에 문 채 기어나오면

어느 곳의 집들이 갈라지고
강철구름 재빨리 어디로 날아내리나
랄라 랄라 비명이 되어
가슴마다 십자가로 꽂히는 건 누구의 노래인가

분홍고양이가 버려진다 사방팔방

찢겨진 약속들, 은밀히 살해된 주검들이
집집마다 문밖에 쌓여가고
세상의 모든 쓰레기통이 넘친다
악취들이 세상을 들어올린다

분홍빛은 악몽의 빛깔
썩지 않는 꿈들이 피워올리는 향기
괜찮아 괜찮아 너무 걱정하지는 마
쓰레기통은 은밀하고 아름다운 성전

날마다 부활하는 가벼운 몸을 가진
분홍고양이 떼 지어 날아간다
하늘 가득 뒤엉킨 시간들을
분홍빛으로 물들인다

중국인의 집

나무 울타리 너머, 붉은 말이 말없이 들여다보는 잡풀 우거진 연못 속에 중국인의 집은 있었다.

쩔거덕 쩔거덕 쇠방울을 울리며 말이 빈 수레를 끌고 돌아오는 저녁이면 연못 위엔 가는 파문이 일었고 중국 소녀는 맨발로 연못가를 달려와 나무 울타리 곁 붓꽃 덤불에 몸을 숨기곤 했다.

연못 쪽으로 나무 난간을 낸 이층집 중국인은 자주 화를 냈고 귀신처럼 푸른 저녁 붓꽃은 소녀의 목덜미, 팔뚝에서도 피곤 했다. 쯧쯧쯧. 어머니 혀 차는 소리 따라 잘 씻어 말린 붓, 오디 먹은 혀 닮은 보랏빛 꽃잎을 축축 늘어뜨리던 꽃들.

중국 소녀는 사시사철 한 벌 홍비단 치파오*를 입었다. 낡은 꽃모양 매듭 아래 가파른 쇄골 미처 여미지 못한 채 붓꽃 나른하게 피어나는 한낮 내내 이층 난간에 기대어 아득한 눈빛으로 두둥실 연못 위에 반짝이는 뭉게구름들을 쫓는 날이면

푸르르 푸르르 말의 잠꼬대는 자주 나무 울타리를 넘었다. 세상 모든 말들은 서서 잘 팔자란다. 흐린 달안개 유난한 밤 뒷간을 돌아나올 때, 닭장 속의 닭들 수런거림 너머

커다란 붉은 달을 품은 연못이 깨어나고 있었다. 핏빛 달,
피 흘리는 달.

둥근 파문 천천히 퍼져나가는 연못 가운데 중국 소녀는 서
있었다. 제 눈앞의 달을 두고 야윈 목 꺾어 하늘의 달을 올
려다보고 있었다. 자욱한 달안개 너머 달은 흐르는 듯 멈춰
선 듯 혼미했고 어지러워 나무 울타리에 기대어 설 때, 얼굴
을 돌리던 중국 소녀는 문득 웃었고 불현듯 반짝이며 눈앞
을 가로막던 캄캄한 연못 위의 달빛.

나무 울타리 너머 여름풀 더욱 무성한 연못 속에 중국인
의 집은 일렁이며 일어서곤 했다. 붉은 말, 붉은 이층집 난
간 흔적도 없는 연못 근처에서 날카로운 말 울음소리 종종
들리곤 했다.   .

* 중국 여성들이 입는 전통의상.

쉬는 종이

머리맡에 네모난 벽 하나 세워두고
말을 가둔다

잠들기 전에 한 마리
악몽에 쫓기다 일어나 한 마리
침대에 앉아 담배를 피워 무는 아침
또 한 무리

꽃무늬 벽지를 바른 벽은
말 사육장
때 묻은 꽃밭엔 말발굽 소리 가득하다

더러 아무도 몰래 귀를 대면
벽을 열고 말들은 뛰쳐나온다
옷깃을 물어뜯고 다리를 걷어차고
거울을 깨뜨리는 말 무리

누가 내게 말의 무리를 몰아오나
누가 내게 말의 사육을 강요하나

말로 만든 옷
말로 차린 식탁
말의 등에 위태롭게 놓여진 침대

구겨진 종이 한 장을 머릿속에 펼쳐두고
찢겨진 종이 한 장을 가슴속에 숨겨놓고

말을 가둔다
말을 씻는다
말의 울음과 비명을 잠재운다

벽이 걸어다닐 때까지
벽들이 노래할 때까지

쉴 새 없이 말이 들락거리는
구겨지지 않는 종이 한 장
한 번도 쉬지 못해 늘 해진 휴지 한 장

머리맡에
거울 뒤에

내 속에

뜨거운 수프 한 그릇

주방장은 늘 모자를 쓰고 있다

바닥이 두툼한 냄비에 올리브 기름을 붓고 잘게 썬 양파를 볶다가 양파가 갈색으로 변하기 시작하면 표고버섯, 가리비 살, 흰 포도주 한 컵 한 컵을 붓고 한소끔 끓인 후 우유를 듬뿍, 이젠 모자를, 아니 뚜껑을 닫은 후 센 불에 끓이기 삼십 분

모자 속에 악어
모자 속에 강철구름
연인에게 바칠 한 다발의 꽃과
구름을 뚫고 날아갈 황금 총알을 장전한
권총 한 자루

끓는다
부글부글 뒤섞이기 시작한다

수저를 들기 전에
후추, 커리, 버터, 월계수 잎
그건 당신의 취향

주방장의 머릿속은 늘 뜨겁다
손을 데이지 않게 조심하며

모자를 벗기고
엉킨 머리카락을 후후 불어가며
주방장을 먹자 칼날과
날름거리는 불의 혀를 삼키자

되직하게 익은 뇌수
비린 향기를 풍기는 심장
늘 쭈글쭈글한 손바닥의 손금과
말랑말랑 잘 익은 한 조각의 성기

이따위 수프 한 그릇으로
동굴 같은 허기를 어찌 채우랴

어떤 이는 늘 모자를 숭배한다
어떤 이는 이미 모자를 쓰고 태어난다

흠흠
저 먹음직스러운

물소리

우는 물가에 잠자리를 얻었다

거리낌 없이 고함을 지르고 울부짖으며
제 앞을 가로막는 것들에 함부로 몸을 부딪쳐
깊푸른 몸을 얻고서야 비로소
산 아래로 달려가는 물들 곁에 누웠다

시든 꽃이 놓인 어두운 방 안
허술한 문을 밀치고 맨발로 들어서
성큼 곁에 눕는 시린 물줄기

잠들지 않는 물의 몸속엔
반짝이는 흰 햇빛
투명한 뼈
휘파람 부는 바람
소멸되지 않는 날것의 기억들
날뛰고 있었으나

그 모든 상처들 가볍게 지워버리는
세상에서 가장 무심한 몸짓으로
내 몸을 선뜻 들어올렸다

물에서 태어나

물로 이루어졌으나
결코 물이 되어 흐르지 못하는 육신을
구름인 듯 가볍게 허공에
부려놓았다

내 몸에서 쏟아지는 꽃잎, 빗줄기
내 몸을 빠져나가는 무거운
그림자들

허위허위 산을 걸어올라
소용돌이치는 물가에서 쪽잠을 청했다
들끓는 말들 가득 찬 귓속으로
흐르는 듯 흐르지 않는
느린 하류가 지나갔다

울음, 노래, 속삭임, 탄식
제 가진 소리들 모두 버리고
마침내 바윗장 같은 침묵 들앉힌
물의 시퍼런 눈빛
이따금 마주치기도 했다

비단길

구름을 향해 날아간 새들은 돌아오지 않는다
흩어지는 구름들 은밀히
새 발자국을 닮아 있다

구름은 새들의 무덤이었나

아득한 한 점으로 멀어지다
시야에서 사라진 날것의 생애들
국경을 넘어 경계를 지우고
꽃피는 숲으로 떠났으리라던 믿음은
헛것이었나

한 줌 망설임도 없는 서늘한 직선으로
무덤을 향해 뻗어 있는 새들의 길
저 허공의 비단길

주검도 묘비명도 없는 무덤을 제 속에 감춘
구름은 또 무슨 마음이길래
저리 가벼운가

구름은 새들의 무덤이다
새들의 무덤은 구름이어야 마땅하다
허공을 제 영토로 평생을 산

어느 날것이 지상에다 뼈를 묻을까

겨울 골목길에
새 그림자 하나 얼핏 앉았다 사라진다

올려다보면
먼 하늘에 흩어져 있는
새털구름 몇 점

지옥

산책에서 돌아오듯 그녀는 문을 열고 들어왔다. 저……
누구신지…… 대답 없이 그녀는 식탁에 앉아 게걸스런 식
사를 했고 차를 마셨고 침대 속으로 미끄러져 들어왔다. 저
기요, 누구십니까…… 채 다 묻기도 전에 나는 어느새 그녀
안에 갇혀 있었고.

칼날 달린 입술로 그녀는 다정하게 입을 맞추었다. 바늘
꽂힌 손바닥이 온몸을 쓰다듬었고 가시비늘 덮힌 몸이 망
설임 없이 나를 안았다. 누구냐 도대체…… 비명도 지르지
못하는 내 몸속으로 그녀는 다급하게 파고들었다. 빙하이자
화산, 사막이자 늪, 모래알이었다가 어느새 천근 바위로 내
몸을 포박한 그녀의 몸.

책장 속의 책들이 펄럭이며 함부로 날아다녔고 냉장고의
양파는 썩은 꽃을 피웠으며 한껏 벌어진 내 입속에선 번들
거리는 날개를 가진 파리 떼가 날아올랐다. 이건 내가 아냐,
이건 악몽이 분명해, 내게 이런 일이 생길 리가 없지…… 하
지만 발버둥을 칠 때마다 그녀는 내 안에서 넉넉하게 자리
를 잡아갔다. 이상해. 정말 이상해. 이상하기도 해라.

오랜 여행에서 돌아온 듯 그녀는 편안하게 내 안에서 쉬
었다. 바람에 날려온 씨앗처럼 단단하게 나를 붙잡은 채 피
어났다. 난 알지. 처음부터 당신은 나의 집이었고 늘 나를

그리워하며 내 이름을 불렀다는 걸. 고통으로 몸부림치는 내 귀에다 그녀는 음험하게 속삭이곤 했다. 나는 캄캄해졌고 아득해졌으나 더러 달콤한 어떤 어둠에 슬몃 목덜미를 찔리곤 했고,

시계들이 벽에서 날아내렸고 신발들이 일제히 낡아버렸고 마침내 집이 무너져버렸다. 그녀가 내게로 온 뒤.

나는 다시 태어났다. 어느새 아무것도 두렵지 않았으므로 더이상 벽들에게 혼잣말을 하지 않았고 잠 속에 집을 짓지도 않으며 게다가 이젠 무릎을 꿇고 그녀에게 매달리며 애원하게 되었다. 제발, 제발 나를 낳아줘. 날마다, 매 시간마다 새롭게, 새롭게 늘,

죽은 나무의 말

그 나무는 오래전에 죽었다
어느 새도 둥지를 틀지 않았고
어느 바람도 말 걸지 않아

적막하게 야윈 제 그림자만
빈 집 마당 가득 풀고 걷더니

칼날 햇빛 내려꽂히고
비늘 비늘 살얼음 일어서던 겨울 아침
그 나무 문득 여자 하나 낳았다

굵은 동앗줄 탯줄처럼 목에 감은 여자
보랏빛 긴 혀를 댕기처럼 가슴에 드리운 여자

이것 봐 이것 봐 시위라도 하듯
그 나무는 사람들을 불러모았다
난 아무 소문도 듣지 못했고
난 아무 말도 하지 않을 테지만
내가 낳은 여자의 맨발은 예뻐

바람의 속살처럼 시리게
아·름·다·워

죽은 나무의 자궁에서 태어난 여자는
검고 치렁한 머리로 가린 얼굴을
제 가슴 쪽 깊이 떨어뜨린 채
미동도 없이 허공에 서 있었다

너무 오래 허방을 걸어왔다는 듯
마침내 이제 여기 와 닿았다는 듯

아무 바람도 그녀를 흔들지 않았고
어느 까마귀도 그녀를 위해 울어주지 않아
투명하게 시린 햇살만 꽝꽝
얼어붙던 그날 아침

사람들이 황급히 고개 돌려 외면하던
보랏빛 긴 혓바닥 자꾸만 따라오며
입을 틀어막던
귀를 틀어막던

아주 이상한 어느 겨울의 아침

벽과 거울

오래 마주 서 있으니 보인다

어깨를 후려치던 손바닥 속
가늘게 떨리던 손금
가만가만 등을 쓸어주던
투박한 손마디마다 온기 어린
지문

차마 얼굴을 기대지 못하고
돌아서는 사람의 붉은 목덜미
를 보여주는 벽

다시는 눈을 마주치지 않으리라
발끝으로만 별을 헤아리고
또 헤아리고 난 후에야 비로소
들린다 가슴을 꿰뚫는
우렁우렁한 거울의 목소리

하나의 풍경만을 들고
침묵으로 평생을 견딘 이의
처음이자 마지막 노래

세상의 벽들은 모두 거울을 가졌고

거울은 늘 문들을 비춰 보이지만
벽만한 문은 없고
거울만한 침묵 어디에도 없어

오래 등지거나 마주 서 있으니
알겠다
거울이라는 날카로운 벽
깊고 깊은 벽이라는
거울

잃어버린 말을 찾아서

말을 찾으러 바다에 갔다

날카로운 물이랑
가파른 바람의 갈피마다 숨어
말의 발자국은 반짝이고 있었다

끊임없이 반복되는 물결의 주문
멱살을 움켜쥐는 바람의 직설
악수, 노래, 묘비명
거울, 암호, 유령의 옷자락

넘쳐나는 말의 흔적으로 바다는 술렁댔지만
내가 찾는 말은 없었다

너는 말을 보지 못한다
너는 말을 낳지 않았다
그저 네 몸속 또아리를 튼 무수한
타인의 입술을 가졌을 뿐

말없이 태어나 꽃피워 숲을 이룬
해송 몇 그루 이따끔씩
고개를 주억거리는 그 바다에

말을 만나 말을 버리러 갔었다

태어나자마자 흩어져버리는
구름의 말들이
무수한 발자국을 등줄기에 찍었다

이 말들을 어떻게 하나
이 구름 그림자를 어떡해야 하나

꿈틀대는 내 속
이름 갖지 못한 한 떼의 말 무리는 또

바퀴 달린 식탁

그는 바퀴 달린 식탁을 가졌다

어떤 날은 공원
어떤 날은 역 대합실
어떤 날은 지하도 계단에
날마다 최후의 만찬을 준비하는

바퀴 달린 침대를 그는 갖고 있다

어떤 날은 굴뚝 곁
어떤 날은 공중변소
칼바람 부는 건물 틈에 웅크려도
아침이면 늘 다리를 잘린 채 깨어나
바퀴로 가득 찬 풍경들을 만난다

바퀴 달린 구름
바퀴 달린 나무들
맹렬히 헛돌다 쓰러지는
바퀴 달린 집,
처마 끝에 안간힘으로 매달린 사람들

한때는 바퀴 없는 구두와
날개 없는 지붕을 가졌던 그는

이제 온몸에 주렁주렁 바퀴를 매단 채
유령처럼 거리를 어슬렁거린다

온몸에 주렁주렁 바퀴를 매단 채
흔들리며 미끄러지다 쓰러져

……여기, 위험한, 바퀴공장을 향해

노래한다
중얼거리며 손을 내민다

꽃 먹는 저녁

기침을 하거나 하품을 하거나
우아하게 담배를 피워 무는
그녀의 입속에서 꽃들이 쏟아진다

꽃잎들 날아오른다
무언가를 가리키거나
흉내를 내며 끊임없이 춤추는 흰 손등 위로
그녀의 숨결을 따라 팔랑팔랑

꽃들과 함께 나도 떠오른다
위태롭게 매달린 샹들리에
나른하게 조는 실내목 위를 부유하노라면
어지럽게 뒤엉키는 창밖의 불빛들

나는 그녀의 입술에서 태어난다
나는 그녀의 손끝에서 죽는다

접시와 찻잔, 테이블을 지나
반짝이는 보랏빛 에나멜 구두 위로
추락하여 흩어지는
꽃잎, 꽃송이, 꽃받침과 나

누군가 꽃을 밟고 지나간다

내 목덜미가 우지끈 분질러진다

일 그램도 안 되는 무게의 고통
침묵과 진배없는 비명
아무도 모르게 꿀꺽 삼켜버린다

말 멈추지 않는 입술들로 포만한 뱃속
미끄덩거리는 혀들로 가득 찬 입속

나는 꽃을 먹는다 꾸역꾸역
질기고 악취 나는 혀를 꼭꼭 씹을 때
꽃장식 접시 위에 누워
실눈 뜨고 나를 올려다보며 웃고 있는

크고 뚱뚱한 말 한 마리

폭우

양철 지붕 위는 꽃사태다

카랑카랑한 목소리를 가진
꽃 혹은 구름의 아이들이
부산스레 지붕을 굴러댄다

머라 캐쌓노
머라 캐쌓노

지붕 위를 올려다보는
처마 밑의 고양이 나른하게 울고
졸음에 겨운 내 귀를 적시는

꽃들의 독백
아우성
외마디 비명

피자마자 시드는 꽃의 말,
축축한 구름의 혀들 귓속에 가득하다
꿈틀거린다

알았다 알았다
알겠다 고마

그리 가볍게 공중으로 날아올라
천 년을 걷는
네 바탕이 원래 침묵이었음을

백 년도 못살아 스러지는
내 몸의 이유가 사막 같은
입술이었음을

얼굴들

지붕 위에 누워 잠든 남자
남자의 몸을 가볍게 타넘어 또박또박
구름 쪽으로 사라지는 여자의
강철 하이힐

방 안은 출렁이는 푸른 어둠으로 가득하다
흰 불꽃으로 타오르는 창문들 너머
방 안을 들여다보는
눈 없이, 눈을 가지지 않은 채
안경을 쓴 무표정한 얼굴들

속삭인다
네게 안경을 주었노라고
안경을 쓰고 너는 그저 책 속으로 들어가
다시는 나오지 않았지만

구름으로 만든 날개를 건네었을 때
조그맣게 접혀 책갈피 속에 숨은 네 몸이
가볍게 떠올라 바람 내음을 맡았노라고

한 번도 내가 알아보지 못한
내가 한 번도 안아주지 않은
창밖의 저들은 누구인가

누구의 은밀한 정부였으며
적이자 노래, 비수였을까

네 안경은 그저 청맹과니를 감추는
차가운 장식품이었을 뿐이라며
천천히 허공을 걷는 저들

생애 단 한 번
지붕에서 뛰어내렸고
생애의 전부를 강철 손톱으로
구름 할퀴는 일에 바쳤지만

중절모에 넥타이,
근엄한 표정의 남자 곁에
반듯한 가르마 아래 눈을 내리깐 채
다소곳이 손을 모으고 앉아 있는
젊은 여자

구겨진 흑백사진 속
가족이라 불리는
저 낯설고 낯선 얼굴들

구름과 자전거

구름은 수많은 바퀴를 가졌다

내가 페달을 밟을 때마다
구름은 제 부드러운 바퀴를 굴려
느릿느릿 뒤따라온다

여름 무논에 외다리로 선
왜가리의 묵언수행은
단지 날개를 가진 죄
제 비행의 높이를 제가 아는 탓이라고

중얼거리며
물에 비친 새 그림자 재빨리 지나칠 때
움켜쥔 뜨거운 땅을
문득 놓아버리는 나의 바퀴

툰드라, 툰드라 혹은 사막
거리낌 없이 세상 끝을 꿈꾸며
맹렬하게 홀로 허공을 내달린다

청맹과니 두 눈은 태양에게 주고
키 큰 당나귀의 귀는 바람에게 바치고
끝내는 가닿아야 할

밤 없는 한낮, 집 없는 집

그 아득한 세상의 끝이
누군들 그립지 않으랴는 듯
접었던 제 그림자를 펼쳐
구름은 내 더운 바퀴를 식힌다

제 몸을 허물고 또 허문 후에야
비로소 하나의 바퀴를 가지는
구름의 속도

내가 페달을 밟을 때마다
왜가리의 하늘은 깊어져가고
들판 가득 구름 냄새 번져간다

맑고 서늘한 구름의 향기

나무 거울

그 나무는 거울을 갖고 있다

평생을 마주 서 있었으나
한 번도 온전하게 제 모습
비춘 적 없이
늘 흔들리다 깨어져

캄캄하게 깊은 어둠에서 길어올린
날카로운 빛을 되쏘며
다가갈수록 달아나기만 하는
거울

그 나무의 생애는 온통 거울 쪽으로
기울어져 있다

그저 바람의 발자국
몇 조각 찬 별빛
꼬리 긴 달 그림자 출렁이는
빈 거울을 붙든 채

깎아지른 벼랑에 매달려
출렁이는 바다 쪽으로 몸을 뻗은
그 나무는 가지 가득 가시를 매달았다

온몸에 눈을 달아
거울의 깊이를 헤아린 후
세상에서 가장 큰 저 거울을
깨뜨려버린 후

마침내 거울 속으로 들어가
스스로 거울이 되어버리고야
말겠다는 듯

노래

저물녘이면 어김없이 마당 귀퉁이 선 감나무에 오르는 아이. 감나무에 오르는 건 돌담 너머 개울을 들여다보는 일이며 개울 너머 빈 들판과 가슴을 맞추는 일이며 왠지 서늘한 가슴 다스리는 제 나름의 의식, 먼 산을 넘어오는 어스름과 어스름 거슬러 날아가는 비새가 마주치는 곳에서 나무들은 하나둘 잠들기 시작한다.

늙은 감나무 꼭대기에 매달린 아이는 세상의 모든 노래를 다 부르고 싶지만 아는 노래는 언제나 두어 개뿐, 세상 곳곳 흘러다니다 제 귀에 걸린 어설픈 사랑 노래를 아이 혼자 부르고 또 부른 후에야 보랏빛 노을 담긴 개울가로 물잠자리 떼 돌아온다. 어스름에도 선명하게 반짝이는 나비 날개 속 꽃의 그림자.

노래는 어디서 오나. 어디 숨었다 노을 따라 돌아오나. 누구도 등 떠밀지 않고 아무도 가르치지 않았어도 아이는 거듭 노래를 뽑아낸다. 정수리 피도 안 마른 제 까짓게 무슨 그리움 알겠으며 여느 슬픔에 덜미 잡힐 터냐고, 훠이 훠이 손사래 치고 구시렁대며 골목길 돌아가는 발자국들 아랑곳없이 아이는 청승스런 곡조를 온몸에 휘감는다.

지상에서 한 뼘 아이를 들어올리는 건 무엇인가. 누가 자꾸 아이를 노래 속으로 떠미나. 무슨 손, 어떤 힘이 빈 가지

주렁주렁 아이를, 노래를 열리게 하나.

　탱자나무 울타리 청가시마다 어린 별들 와 꽂힌다. 푸푸
발 구르는 외양간 암소 기침 소리 생뚱맞아도 적막보다야
낮지, 암만, 무덤 같은 적막보다야 열 번 백 번 낮고말고. 노
래는 왜 있나. 누가 노랠 만들었나. 아무도 묻지 않고 대답
하지 않아도 아이 노랫소리 구불구불 어둠 타고 흘러간다.
개울 건너 들판, 들판 끝엔 산, 산 너머 지나가는 꿈결 같은
기적 소리와 손잡는다.

전문가

그는 구름전문가
눈을 감고서도 구름의 무게며
빗방울의 향기와 감촉 모두 읽어내는

그는 햇빛감식가
두어 번 헛기침만으로도
갈피갈피 햇빛의 두께를 짚어낸다

명지바람에 마음을 앗겨
늘 흔들리던 푸른 구름과
꽃 대궁 속 곤한 잠 들켜버린 바람이
미간 깊은 주름 속에 스며 있고

날파람 다녀간 꽃무덤가
한 점 한 점 꽃잎 펴던 줄기 햇빛들
손금 속 선명하게 새겨져 있어

아무 날씨에도 흔들리지 않고
어떤 슬픔에도 휘둘리지 않은 채
세상을 휘도는 빛과 그늘 헤아리며
폭우와 강풍의 시간 건너가는

그는 삶의 전문가

굴속 같은 반지하방에 웅크려
두터운 돋보기안경 너머로
종일 종이꽃을 접고 피우지만

해 질 녘이면
관절통 앓는 무릎 위에 잠시 앉았다 가는
한 점 꽃잎 같은 햇빛만으로도

잠시 안경을 벗고
꽃빛 화안하게 물드는 세상 쪽으로
실눈 가득 머금은 미소를 보낼 줄 아는

겨울, 바다, 거울

흰 말 한 마리
푸른 거울 위를 달려간다

말발굽마다 꽃처럼 피어오르는
빛들, 거울 조각
노래 혹은 비명들

달려온다
눈을 찌른다
칼날이 되어 가슴으로 와
깊숙이 박혀 반짝인다

먹먹하게 금이 가는 하늘
숨을 멈춘 채 등줄기에 얼어붙는
바람

겨울의 거울 앞에 서서
거울이 제 안에 숨긴 구름의 숨소리에
귀 기울이면

거대한 거울의 몸을 깨뜨리며
수천의 말 무리 달려온다
저렇게 많은 말

저렇게 큰 말

아무 말도 품을 수 없는
아무 말도 잡을 수 없는
땀 젖은 손금 위로 말의 발자국
아프게 찍은 후

사라지고 달려오고 사라지고
깨어지고 깨어진 후
아무 일 없는

저렇게 깊은
저렇게 큰 거울

울음꽃

그 여자가 있던 곳을 지나가려면
가슴에 꽃다발을 안아야 한다

겨울 아침 출근길
시청 앞 버스 정류소 두어 발짝 떨어진
벚나무 아래 외진 곳
애벌레처럼 동그랗게 몸을 웅크려
제 무릎 껴안고 앉았던 여자

어린 나무 슬몃 제 몸 기울여
찬 햇빛 몇 줌 어깨 위에 얹어주었지만
가까스로 껴안은 가슴 안에도
성급한 구둣발들 달려가고 오는지
헝클어진 세칼바람 사정없이 불어치는지
끝내 흔들리는 어깨를
들키고 말던 여자

누군가 잃어버린 짐보퉁이처럼 조그만
저 몸속 가득 꽃이 피려나보다
무리무리 안간힘으로 피어올라 마침내
거리에 꽃사태 지려나보다
바르르 떨리는 어깨 너머 번지던
차고 시린 향기에 시려오는 코끝들을

괜히 슬쩍 훔치고 말았는데

바람 여전히 칼끝처럼 벼려져 있는
그 여자 사라진 그곳을 지나칠 때면
옷깃으로 가슴을 감추어야 한다

밀감빛 가로등 불빛 둥글게 자란 자리
두어 발짝 비껴난 벚나무 그늘엔
삼키지 못한 줄기줄기 울음들
기어이 들켜버린 그림자 하나
아직도 안간힘으로 제 가슴 붙안은 채
떨기떨기 꽃을 피우고 있어

싸하게 코끝 물들이는 시린 향기
갈피갈피 어둠마다 스며 있으니

구름들

아침 거울 속
봉두난발한 구름 한 점

핏발 선 눈으로 중얼중얼
온몸을 휘도는 취한 말들의
변명으로 몸을 닦을 때

무릇 구름의 일이란

바람을 만나 몸 바꾸기
지상에 그림자를 남기지 않기
혼신으로 태양 가까이 달려가
한 줌 빗물로 지상에 스며드는 일,
속삭이는

거울의 충고 아랑곳않고
입안 가득 차오른 혀들을 뱉으며
몸속 완강한 뼈들
문득 더듬다

창밖 가득한 꽃잎들에 샛눈 주는
아침 거울 속
벌거벗은 구름 한 점

구름에서 태어나
구름을 먹고 낳고
구름으로 떠돌면서도 여전히
제 몸속 뼈 한 점 버리지 못한 채

온몸 주렁주렁 매달리는 서랍들
몸속으로 툭툭 밀어넣으며
휘청휘청 햇빛 속으로 나서다

아무도 몰래 얼굴을 찡그리는
유령 같은 구름 한 점

붉은 하수구

집으로 돌아가려면
굴뚝 높은 수건공장 옆 다리를 건너야 하지
다리 아래 사철 검은 하수구를 지키는
동백나무 몇 그루를 지나쳐야 하지

어린 저녁별 두엇
뜨거운 물 위에서 반짝일 때
굴뚝 끝에 걸린 노을이
때 묻은 수건 한 장 다리 난간에 떨어뜨릴 때
진초록 잎 그늘 어디쯤에
마음 한 자락 얹기도 했지만

동백나무는 여름내
동백나무는 겨우내
온 생애를 걸어 찾아야 할 그 무엇 있다는 듯
검고 뜨거운 물 곁에
침묵한 가부좌로 앉아 있더니
오늘 아침에야 마침내
거침없이 제 속을 헐어내고 있네

동백나무가 읽어낸 저 붉은 경전들 좀 봐
갈피갈피 선명히 붉은 저 문장들 좀 봐

하수구가 나무의 창문이었다니
얼지도 잠들지도 않는 거울이었다니

등굣길 늦은 아이 하나가
홀린 듯, 못 박힌 듯 다리 위에 서서

나무의 책을 읽고 있네
눈부시게 화안한
하수구의 마음을 읽고 있네

지붕 위의 새

지붕 위에 앉은 새가 날아가지 않는다

성긴 깃털을 적신 찬 노을
함부로 흔들어대는 바람 아랑곳없이
면벽을 하듯
제 눈앞의 허공만 고집스레 마주한 채
미동도 없이

구름들 빠르게 서쪽으로 달려가고
점점 겨울별들 얼음꽃으로 피는데

한 줌의 깃털
몇 마디의 뼈로 이루어진
저 작은 날것의 몸에 얹히는
한 생애의 무게
구름과 바람의 무게

잠시 지상에 내려앉기 위해
오래 머물러야 했던 허공 혹은
무한창공
그건 어쩌면 거울
사방 거울로 지은 감옥이었는지

허공과 지상 그 어느 곳에도
깃들지 못한 채 떠돌다
이제 막 어느 겨울 지붕 위에 도착한
늙은 새는 잠들지 않는다

끊임없이 한 생애를 가로막는 바람들에
더러 저항하고 순응하며 건너온
날 선 시간들 침묵으로 품어

서릿발 어둠 향해 눈 맑게 뜨고
밤새도록
칼날 같은 푸른 별빛으로
몸을 씻는다

웃음소리

나가보소, 저기, 저 문밖에

오래 소식 없던 이가 돌아왔다는
낯선 이의 손에 이끌려 나간 곳에
전혀 낯설지 않은 한 사람이 서 있다

밥 좀 주소. 춥네. 발도 시리고

밤도 낮도 아닌 시간이 도착한 문밖엔
붉고 푸른 깃발들 느릿느릿
나부끼는 안개이거나 구름 혹은 비
두려워 뒤돌아서는 어깨를 움켜쥐는

큰 손, 긴 손톱, 손톱 밑의 검은 때
서늘한 바람 내음 풍기는 해진 옷자락 아래
피투성이 검붉은 맨발을

뿌리치고 허겁지겁 달아나는
이승은 순식간에 흔들린다

물컹하니 열리지 않는 문
물렁물렁한 벽, 흐물거리는 창문
일렁대는 나무들을 지우며

녹아내리는 지붕

이게 집이냐
세상 어느 곳으로도 떠나지 못하고
애면글면 움켜쥔 채 불안하게
평생 지켜온 게 고작 이거냐

수십 년 전에 집을 나가 얼굴도 가물가물한
피붙이 하나 문득 새벽녘 잠 속으로
돌아왔다

맨발로 달려나간 잠 밖은 울창한 숲
뱀처럼 붉은 몸 하나 날래게
까마득한 이승을 달려나간 후

거울 하나가
날카롭게 깨어져 흩어진다
까르르 빈 잠 속을 가득 채우는
저 도저한 웃음소리

하이힐

그저 곁눈으로 슬쩍 흘끔거렸나
입술을 축이며 침 한 번 삼켰을 뿐
음흉이 휘파람 불어재낀 건
가로수와 숨어 내통하던 매미 떼인데

끓어오르는 보도블록 위 반짝이며 걷다가
느닷없이 뒤통수를 후려갈기는
날카로운 강철굽 하나

머릿속에서 박쥐 떼 후드득 날아나온다
잠들었던 큰 뱀들 기다렸다는 듯
배를 가르고 주르르 새끼들을 쏟아놓는다
거리 가득 흩어지는 검은 떼비늘

아니 나, 나는 그저
입을 열기도 전에
바지춤의 손을 미처 꺼내기도 전에
단방에 등짝을 꿰뚫는
아름다운 흉기

랄라라
솟구치는 단모음들과
룰루룰루 단내 풍기는 탄식들이

홧홧한 대기를 꽃물 들인다

사태 났다 사태
때 아니게 거리를 뒤덮는 눈사태

흐물거리는 제철공장 굴뚝 뒤에
번들거리는 유리문 너머
모자, 넥타이, 서류가방,
다 퍼져 곤죽이 된 자장면 배달통 속
붉은 신호등처럼 켜지는
숨은 눈들

정오를 알리던 큰 시계가 멈췄다
시계를 멈춰놓고 매미 떼가 날았다

내가 뭘 어쨌었냐고
뭘 그리 짜다리* 본 게 있냐고
그저 물고기처럼 흰 허벅지
하늘하늘 쓰다듬던 얇은 치맛자락으로
손이 슬쩍 나갔을 뿐, 투덜거리며

지상에서 한 뼘쯤 사람들을 들어올리는
뚱뚱한 햇빛 붐비는 시청 앞 대로변

아무도 없었고 아무 일도 없었다

뜨겁게 달구어진 붉은 하이힐 한 짝
햇빛을 흔들며 날아갔을 뿐

* '특별히' '별로'라는 뜻의 경상도 사투리.

여름 소나기

젖은 구름의 몸들이
숨어 있던 길 위의 발자국마다 고이네

먼저 떠난 이들의 길은 거울이어서 길가의 나무들은 자주
흔들리고 거울 속의 집들 기우뚱거리지만

길 위의 거울들은 모두 노래를 갖고 있네

지상에서 가장 낮은 목소리 지상에서 가장 조그만 반짝임

젖은 노래들 일제히 거울 속에서 날아오르네
처마 끝마다 천진한 구름의 아이들이 음표처럼 매달려

반짝이며 일어서는 모서리 화안한 골목 너머를 내다보네

구름의 말

종일 천 마디의 말을 했다

잠시 말을 쉬는 사이엔
너덜너덜해진 구름이
입속 가득 흘러가곤 했다

잘 다듬은 수염 같은 웃음을 매단 채
느닷없이 튀어나오는 붉은 혀를 삼키느라
목젖은 아팠고

두 갈래의 혀를 감춘 뱀처럼
꽃무늬 비단 넥타이는 자주 곤두선 채
가슴으로 머리를 들이밀었다

뱀에 놀라 미쳐 날뛰는
말들의 집
뱀을 두려워 않는
한 마리 노회한 말의 집

귀 없는 입술들만 둥둥 떠다니는 허공으로
쉼 없이 구름들을 토했다.

종일, 온종일

아무 말도 나는 하지 않았다

늙은 장마

기우뚱한 꽃들
쾨쾨한 콘크리트 냄새
하수구에 걸린 채 퉁퉁 불은
신발 한 짝

저문 일요일 오후 빗줄기 속으로
터덜터덜 누군가 집을 나선다
철컥철컥 물소리로 닫힌 문
녹슨 문고리들 덜컹 흔들어보며
웅얼웅얼 걸어가는 그림자 있다

늙은 고양이 희미한 울음 지우며
구급차 날카로운 비명이 달려가고
아이 참, 너는 아직도
젖은 집, 젖는 식솔 걱정하느냐
쯧쯧쯧 혀를 차듯 하늘 또 쏟아진다

흠뻑 젖었을 때
무너질까 두려움에 갇힐 때 비로소
집은 집다워지고
없는 이름들 식탁 위에 제 먼저 와 앉고
식구들 가슴 모처럼 더워지는데

엎드리는 꽃들
매캐한 비안개 냄새
길 가운데 버려진
퉁퉁 불은 고양이 주검을 넘어

어데 가오, 언제 오오

그저 멋쩍은 기침 두어 번
뒷짐 진 손에 감추는 무안한 웃음으로
저문 일요일 희끗한 어둠 속
굳이 길을 내며 가는 저 낯익은
걸음걸이 하나

바다의 전화

한밤중에 전화벨이 울린다

수화기를 들자
출렁이는 물결 소리가
잠이 반쯤 닫아놓은 귀를 연다

눈을 뜨면 어느새
부드럽게 눈썹을 적시며
방 안 가득 도착해 있는
투명하게 푸른 적요의 바다

아아아아 어어어어

바다의 바닥에 누워
바다에게 인사를 건넨다
입술 밖으로 나온 말의 형체
천정을 향해 또르르 날아오르는
그저 몇 개의 물방울일 뿐인
인간의 언어

일렁이는 벽
일렁이는 시계
방 안의 바다는 느리게 흔들리고

그 너머 반짝이는 물고기 떼
그물을 뚫고
커다란 그물을 끌고 날아간다

날아간다 내 그물
그저 무겁기만 한
텅텅 빈 몸속 말의 허방

한밤중에 누군가 전화를 걸어온다
수화기를 놓고 돌아눕자
마른 입술을 적시는 물빛 새벽

나는, 말이다

집으로 돌아오는 길가엔 늘
말 한 마리가 우두커니 서 있다
모른 척 담배를 피워 물며 푸푸
늙은 별들에게 삿대질하노라면
어느새 말은 저 홀로
반짝인다 속삭인다.

너는 말이다……
……말이다

녹두 감자 오이 당근 밀 참깨 꿀 소금……
불현듯 내 호주머니 속을 채우는
말꼴들 그러나

깊은 밤 머리맡엔 언제나
한 발을 들어 이마를 누르고
또 한 발을 가슴에 내려놓은 채
말없이 나를 내려다보는
피골상접한 한 마리의 말

형형한 눈빛, 선명한 골격
황금빛 광채를 내뿜는
치렁거리는 갈기를 가진

한 마리 말의 수많은 말 그러나

아침 거울 속엔 언제나
까마귀 떼 자욱하게 울고
천지를 유목하는 바람 함께 내달려온
말의 눈들과 마주친다

……네가 말이다, 말이다
……그러니까

그러나 아무 말도 하지 못한 채
그저 담배만 푸푸 피워 물면
허공으로 흩어지는 말의 주검들
발아래 물컹거리는 부호들

파피루스, 파피루스

머릿속 헝클어진 가시덤불
심장에 박혀 반짝이는 칼날 조각
혈관 가득 희미하게 향기를 내뿜는
시든 꽃잎들

귓속에서 아직 찰랑이는 밤의 강물
누구에게도 건네지 못하고 혼자 삼키다
목젖에 걸려버린 울음소리, 노래

보일 듯하고 들릴 듯하다

열린 입속에서 벌레처럼 기어나오는
숫자들, 기호들, 상형문자들
칭칭 몸을 동여맨 주름마다 일어서는
기억들, 검푸른 시간들
어렴풋이 읽힐 것 같기도 하니

하나의 주검은
한 장의 부드러운 파피루스
살아 누구도 해독하지 못해 버려진
한 장의 지도였구나

여전히 창백한 발바닥에서 풀려나오는

딱딱한 길들이
햇빛들, 바람, 낮은 구름의 나날들이
몸을 떠나가고 있지만

바위 같은 시간 하나가 멈춰
산 자와 죽은 자 사이에 벼랑을 만든다

그 벼랑에 새겨진 말들 지워지지 않아
읽지 않아도 누구나 다 알고 있는
침묵의 노래로 살아난다

새들의 저녁

너무 낡고 무거워
오래전에 던져버린 신발들이
줄지어 저녁을 건너간다

하수구에, 쥐똥나무 울타리에
죽은 벚나무 가지에 매달려 있어야 할
신발들에게 무슨 일 생겼나

단정한 매듭으로 조여 있던 끈들을 풀어
닳고 닳은 밑창들 펄럭이며
노을을 헤치고 날아간다

지겨워라
추락 끝에서야 비로소 가벼워지는
무게며 날개 따위
진부한 깨우침의 저녁이여

저 신발들 밤새도록 어둠을 걸어
아무 곳에도 가닿지 못하겠지만
지워져가던 지상의 발자국들 잠시
화안해진다

고단한 시간들이 반짝이며

따박따박 어둠에 무늬를 찍는
별들과 모처럼 눈을 맞추며

칼자국이 있는 얼굴

거울 안에 칼

누구에게도 베이지 않고
누구도 베지 않겠다
눈을 내려뜰 때면
어김없이 날아오는, 잘 벼려진

거울은 칼날

아무 어둠도 들키지 않았고
어느 햇빛에도 곁눈 주지 않았다
입꼬리를 굳힐 때마다
어김없이 얼굴을 베어가는
날카로운 도구

끊임없이 누군가를 베고
또 스스로 베어낸
이 얼굴은 나의 것이 아니라
어쩌면 거울의 것

얼굴 깊이 문신으로 새겨진
이 길은 흉터
날마다 나를 단죄한 거울의 기록

세상의 꽃들이 모두
주름투성이 제 몸 펼치며 피었다가
다시 오롯이 제 안에 접어품고
시들어갔어도

알지 못했던
처음부터 내 안에 살고 있었던
부드러운 목숨의 자국들

거울 안에서
거울 밖에서
날마다 새로 태어나는 얼굴들

몽골

말이 있다

어떤 이는 말의 눈을 사랑하고
어떤 이는 비단 같은 갈기
또 어떤 이는 말의 안장을

누군가는 말의 이빨을 찬양하고
또 누군가는 말의 재갈을 쓰다듬고
제각기 강철 말굽에 말굽 표식을 남기며

나는 말을 가졌네
나는 말하는 몸을 가졌네
노래하지만

세상의 마굿간은 텅 텅 빈 채
낡은 고삐엔 바람만
주렁주렁 매달려 있다

내가 방목한 말들
내가 사육한 말들의 무덤은
어디일까

어디에나 말은 있어

어떤 이는 말의 뼈를 찾아헤매고
어떤 이는 말의 영혼을 꿈꾸고
또 어떤 이는 달아나버린 말의 그림자를
암벽에다 새기는데

딸기와 놀기

검은색이 좋아

딸기에게 귀를 주고 눈을 감으면
딸기는 언제나 내게 속삭이지

나는 달의 딸
수줍은 점성술사
내 몸속 점점 박힌 검은 별들에
당신의 운명을 물어보세요

하지만 나는 누구도 믿지 않아
그저 허기진 이빨을 딸기에게 주면
딸기는 언제나
흔붉은 비명 소리를 내곤 하지

나는 대지의 뿔
태양의 핏방울
겨우내 동토를 건너온
성처녀의 음순

붉은색이 좋아
늘 붉고 검고 서늘한
딸기의 몸

살아 있는 것도 더러는
괜찮은 것 같아

말의 지옥

허공에 주렁주렁 말들이 매달린다
버스 뒷좌석 함부로 태어난
말들은 아무 곳으로나 달려가
앉는다 눕는다 죽는다

차창 밖 어린 진달래 이제 막
눈을 뜰 듯 말 듯

눈을 감는다
커다랗게 벌려진 입 하나가 눈앞을 가로막는다
캄캄한 입속에서 말들이 달려나온다

탄식과 비난과 저주와 조소를 베어 문
커다랗고 축축한 혀 하나가 철썩
목덜미에 달라붙는다
끈적거리는 타액이 귓바퀴를 흥건히 적신다

잦아들지 않는 뜨거운 말의 지옥
붉디붉은 지옥의 말들은
날카로운 악취를 풍긴다

눈을 뜬다
노오란 봄 햇살이 차창에 미끄러진다

눈뜨지 말아라 부디 꽃들이여
눈을 뜨는 순간
이름을 가지는 순간 우린 모두
헤어날 수 없는 지옥을 갖게 되리니

천국의 광장

광장에서 그는 문을 잃었네
어디에도 열려 있는 문은 없어
아침이면
광장 귀퉁이 벽 아래서 잠을 깨는

그는 광장에 갇혔네

제각기의 문을 어깨에 메고
머리에 이고, 가방에 넣은 채
광장을 떠나는 사람들을 뒤쫓지만
그의 몫은 그저 몇 닢의 동전뿐
광장엔 떠난 사람들의 그림자들만
구겨진 신문지처럼 바람에 나뒹굴어

그는 더이상 문을 꿈꿀 수 없네

붉은 꽃장식이 달린 문
벨을 누르면
웃음소리 까르르 물방울처럼 튀어오르는 문
손잡이를 밀고 들어서면
눈부신 구름 한가운데로 들어서는 문

누더기가 된 중얼거림을 겹겹 껴입고

그는 광장의 의자가 되어갔네
더이상 열리지 않는 수많은 문을 가진
거대한 무덤 속인 광장이 되어

누군가가 던져버린 시든 꽃다발처럼
광장 가득히 떨어져내리는 가을 햇빛만
헤다 잊다 무심히 졸고 있네

그저 눈빛이 마주치기만 해도
그저 이름을 부르기만 해도
기다렸다는 듯 열리는 문을 찾아
바쁘게 떠나는 사람들 사이에서

유령

그날 아침 그는 누구와도 마주치지 않았다
그날 아침 그는 마주치는 모든 사람들에게서 발을 밟혔다

갓 꽃피기 시작한 시청 앞 벚나무 저 혼자
흔들리다 커다란 웃음소리를 쏟아냈다

한낮의 네거리 한복판에 서 있거나
공원의 삐걱거리는 플라스틱 의자에게 잠을 청할 때
비로소 그는 완벽하게 누군가가 되었다
완벽하게 아무것도 아닌 사람이 되었다

끊임없이 오고 가는 사람들의 등 뒤에서
끊임없이 달려가는 바퀴들 아래에서
무심히 부서지는 그림자가 되는 나날들

세상의 거울들이 일제히 시취(屍臭)를 풍기기 시작했다
물컹물컹한 햇빛이 발에 밟히기 시작했다
느닷없이 전화기는 고장이 났고
찢겨진 수첩들이 골목마다 나뒹굴었다

대로변 가로등이 한낮에도 켜졌다
헝클어진 방언들이 구름 속에서
떨어지곤 했다

언제부턴가
무언가에 걸려 넘어지는 사람들이
발에 자주 걷어차였다

무인도

수심 깊이 물휘돌이 거느린 깎아지른 벼랑으로 서서 쪽배 한 잎 허락지 않는 네 무언의 거부는 두려움이다. 두려워 소름 돋는 아름다움이다. 몸속 한 모금의 물, 한 포기의 풀마저 버리기 위해 만난 안개와 태양을 어느 가슴이 헤아릴 수 있을까. 헤아려 어느 물너울에 새길까.

수평선은 절대권력이다. 산 것들의 노래와 울음, 노회한 시간들의 기호와 상징, 그 어느 것도 가로막을 수 없는 힘으로 달려가는 저 완강한 직선을 너는 꺾어놓는다. 무심히, 문득 멈춰 세운다. 방점, 깃발, 음표, 표지판…… 누구도 규정짓지 못하는 너는 아무것이며 아무것도 아니므로 자유, 누구도 침범도 규정도 불가능한 완벽한

언어를 버려서 너는 언어다. 사방 드넓게 열린 언어만이 사나운 바람을 길들이지 않는다. 수면과 구름 사이 제멋대로 오가며 바람은 함부로 발자국을 남기지만 너는 여전히 요지부동, 점점 꽃씨 같은 별들이 흩뿌리는 생생한 날것의 눈빛에도 흔들리지 않는, 세상의 중심 깊숙이 내린 너의 뿌리는 어둡고 차고 향기로울 터.

어떤 뭍의 비유도 범접하지 못하는 묵언의 자존 하나가 거기 있다. 떠나고 또 떠나서 아주 멀리. 아무것도 가지지 않아 강건한 빈 마음으로 서 있는 듯 떠다니는 듯.

집사람

　자갈치에서 출발한 버스가 구포다리를 채 다 건너기도 전에 진통이 시작되더라. 하단에서 배 타고 을숙도 건너온 사람들로 떡시루가 된 버스가 명지를 마악 출발하는데, 고마 양수가 터지기 시작하는 기라. 날은 어두워지제 차는 덜컹거리제 달구 새끼에 돼지 새끼 꽥꽥거리고 간고등어 산갈치 비린내 진동하는 차 안에서 사람들은 웅성웅성, 이 일을 우짜면 좋노, 눈앞에 별이 쏟아지는데,

　(언제부턴가 어머니는 부쩍 말이 많아지셨다. 끊임없이 무언가를 말하고 싶어하신다.)

　순아도 근처 공동묘지 초입에 차를 세우고 기사 양반이 묻는 기라. 아지매요, 고마 차 안에서 아를 낳을라요? 우짤라요? 아이고 무슨 말잉교, 집에 가서 아를 낳아야지. 죽을 똥 살 똥 참아볼 낍께 퍼뜩 차나 모소. 녹산 지나 용원만 지나면 웅동에 내릴 끼고 버스 내려서 엎어지면 코 닿는 데가 우리 집인데 내가 미쳤다고 차 안에서 아를 낳는단 말요.

　(집은 힘이 세다. 내가 구름 쪽으로 곁눈질만 해도 어느새 나를 가로막고 선다.)

　울 어매 뱃속에서 태어나 젤로 먼 길이 그 길이더마는. 배는 뒤틀리고 아는 자꾸 나올라 카는데 눈을 감고 이를 악물

고 견디는데도 녹산서 웅동이 천릿길이라. 마을 대여섯 접 묶어 머리에 이고 성산 오일장까지 날 듯이 걸어댕기던 길 이건마는 이놈의 버스가 기어가는지, 농땡이를 부리며 천하유람을 하는지, 안 가는 기라. 집이 너무 먼 기라. 인자는 고마 몬 참것다. 고마 아를 낳아뿌리까. 백 번도 넘게 생각이 곤두박질을 쳐대니, 에고 옴마야 나 죽습니더 소리가 절로 나오더라.

(한 번도 집을 떠나지 못했다. 구름, 강물, 바람 곁…… 전봇대, 표지판, 나무, 무덤…… 제 선 곳, 제 이름이 집인 것들 사이로 수없이 오고 가기만 했을 뿐.)

그런 소리 말아라. 길 우에서 우째 아를 낳는단 말고. 길에서 태어난 아는 평생을 길 우로만 떠돈다 안 카더나. 사람이란 자고로 집에서 태어나 집에서 죽어야지, 객생, 객사는 짐승도 안 하는 짓. 버스에서 내려 미친년맹키로 신작로, 골목길을 엉금엉금 기어가 툇마루에 올라앉자마자 니가 세상에 나오더라. 밤이 깊었제. 관세음보살, 나무아미타불, 얼매나 다행이던지, 얼매나 고맙던지.

(버석버석 살얼음이 발을 베어 먹는 길, 절벽 아래 아슬하게 매달린 길, 바람 치솟아오르는 깎아지른 바위산의 길……

늘 집이 없는 곳을 꿈꾸지만, 집이 들앉지 못하는 곳으로 향하지만, 집은 힘이 세다. 운명보다 무겁다. 어머니는, 아무 곳으로도 떠나지 못하는, 그저 집사람을 하나 낳으셨다.)

풍경

꽃장식 구름 한 점 둥실
머리 위에 띄워놓고
이른 저녁을 나누는 두 사람

나누어지지 않는 시간을 익숙하게
나이프로 자른 후
딱딱한 침묵을 한 점 베어 문다

—당신의 머리카락에선 늘 사막 냄새가 나
—당신이 삼킨 채 뱉지 않는 비명은 늘
  피비린내를 풍겨

딸그락 딸그락
머리 위의 구름 잠시 흔들리고
땅거미 주춤주춤 창밖을 걸어가고

—나의 악몽은 당신이 일용할 양식
  꾸역꾸역
  당신에게 먹이고 싶어
  진저리를 치며 토할 때까지

—기억으로 배를 채울 땐 늘 조심해야 해
  날카로운 이빨을 숨기고 있거든

서둘지 말고 천천히 음미하길 바래
오래 씹으면 꽃향기가 나기도 하니

혀를 내밀어
입가에 묻은 선혈 은밀하게 핥으며
웃는 두 사람

불현듯 시들어 내리는 꽃구름
캄캄하게 어두워지며
지워지는 풍경

배심원들

거울 속에는

무릎 위에 단정하게 손을 올린 24개의 밀랍인형들
앉아 있네 12개의 화분이 줄지어 선반 위에 얹혀 있는 방
나란히 매달린 9개의 서랍이 어지럽게 열려 있지만
아무것도 없네 텅텅 비었네

정오의 증오, 이 명백한 유죄

인형 따위가 시건방지게 표정이 모두 다르네
울고 웃고 경멸하는 노래를 침묵으로 가두고 있네
동전을 주렁주렁 매단, 겨우 몇 푼의 동전을 매일 낳는
늙은 나무들이 춤추네 선반에서 일제히 뛰어내리네

후회의 기미 전혀 없는 저녁의 항소

입김만으로도 날아갈 것들
손가락만 닿아도 쓰러질 것들
그저 구시렁거리는 일만으로
가까스로 존재하는 것들을 위한
밤의 긴 변명들

헝클어진 서랍들이 닫히네 흩어진 동전들 날아오르네

12개의 화분들이 제자리로 돌아가고 모두 한 개의 표정
으로 갈아입고 무릎 위에 손을 얹는 24개의 인형들

거울은 보이지 않는 손을 가졌네 스스로 깊어지는 죄의
샘을 숨겼네 누구도 거울의 죄를 헤아릴 수 없네

저리 많은 얼굴들을 숨겨두었으니
저리 많은 배심원들을 거느렸으니

무화과나무가 있는 골목

산복도로,
미로 같은 골목에서 길을 잃다.

닫힌 문들 앞을 서성일 때마다 낯익은 인기척들은 낯선
집 모퉁이를 돌아가며 낮은 하늘에 별 하나씩을 켜둔다. 어
깨를 부딪히며 지나쳐간 바람의 행방들 불현듯 궁금해지는
여긴 어디쯤인가.

만났다 엇갈리며 서로 흩어져간 길들은 모두 겨울 하늘 별
들로 떠 반짝인다. 저마다의 등불 내건 채 흔들리는 발아래
세상의 집들 모두 잠들었어도 내가 찾는 곳은 없다. 이미 길
떠나버린, 혹은 처음부터 없었던 집.

돌아서는 막다른 골목 끝에 누군가 서 있다. 희미한 불빛
에 기대 선 굽은 등, 굵은 마디를 가진 야윈 몸피 하나가 긴
그림자를 길 아래로 떨어뜨린다. 인사를 나누듯, 악수를 청
하듯이.

그림자 쪽으로 손을 내밀자 불현듯 눈앞이 화안해진다.
누가 폭죽을 터뜨린 듯 날아오르는 꽃잎, 비늘 같은 불씨들,
오래 달군 바늘처럼 뜨겁고 날카로운 빛들이 어둠 속으로
나비처럼 날아오른다. 화안해지는 집들과 골목길, 온 밤 내
그 사이를 헤매던 길들.

산복도로에서 집을 찾다 꽃을 만난다. 모든 집들은 꽃으로 된 표지를 숨긴다고, 찾지 못한 집들 모두 남몰래 꽃으로 핀다고, 말없이 노래하는 꽃, 없는 나무.

나비는 난다

지상에서 두어 뼘, 대여섯 뼘
얕은 허공이 제 영토인
저 작은 날것들의 날개에 얹힌 건
무늬일까 얼룩인가

쥐면 쉬이 바스라지는
먼지로 만들어진 날개 따위에
굳이 저만의 표식을 얹는
오만한 호사는 또

춤 혹은 고행 상관없이
팔랑거리는 섬세한 몸짓에
그저 마음을 빼앗긴 내 어리석음만이
비 오고 바람 부는 저녁의 네 거처
두려워하지만

나비는 난다 구름 그림자 끌고
나비가 날아오른다
바람의 향방을 바꾸며

제 어둠의 시간마저
눈부신 햇빛의 무늬로 바꾸는
가벼움의 힘으로

두려움 없이 허공을 열어

바다
지상에서 가장 커다란 거울
아무도 모르게 건너
황무지 숨은 풀잎들 일으켜 세우다

나비는 무심히 지우며 간다
겹겹의 찰나 그리고
영원

흰말, 제품, 의자, 침묵
—산문

애증

나는 시인을 사랑하지만 한편으론 또 그만큼 경멸한다. 그들은 마치 물고기처럼 늘 눈을 감지 못하고 부릅뜬 채 자신의 안과 밖을 샅샅이 훑고 있는 종족들이니 어찌 가엽지 않을까. 한편으로 그들은 지상을 잠시 스쳐가는 구름 그림자 따위에게도 말을 거는 수다스러운 종족들이고 제 안팎의 상처며 그리움이며 분노 따위를 침묵하지 못하고 발설해야 하는 가벼운 종족들이니. 나도 한때 아무런 거리를 갖지 못한 채 맹목적으로 그들을 사랑한 적도 있었지만 지금은…… 지금은…… 천 개의 눈과 천 개의 가슴과 천 개의 입을 가진 이 괴상한 종족들이 멸종하는 날은 언제일까를 종종 생각해보곤 한다. 이런 종족은 태어나는 것일까, 만들어지는 것일까 따위 쓰잘 데 없는 생각과 함께.

질투

올 부산 국제영화제에서 피터 그리너웨이의 새로운 영화를 보고 질투심을 가누기 힘들었다. 영화에 철학이라는 무거운 외투를 입힌 장본인으로 영화철학자로 불리는 이 영국 노인네는 도무지 늙지를 않는다. 영화라는 장르의 본질에 관한 고전적이고 진중한 모색만으로도 그는 이미 일가를 이루었다. 하지만 그는 거기서 멈추지 않고 끊임없이 실험하고 도발하며 늘 앞서 달리고 있다. 한 사람의 작가는 자신이 창조한 하나의 세계를 끊임없이 변주하며 되풀이한다는 일

반적 관점 따위는 이 노인네와 무관하다. 그는 영화라는 장르의 끝, 인간이라는 심연의 끝까지 가보고 싶어하는 듯하다. 인식과 형식, 감수성이 늘 시대와 젊은이를 앞질러 가는 이런 힘은 도대체 어디에서 비롯되는 것일까.

의자

어릴 때 살던 시골집에는 개울가를 따라 둘러쳐진 돌담 곁에 버드나무 한 그루가 서 있었다. 개울 너머는 들판, 들판 끝에는 산, 그 산을 넘어가는 붉은 황톳길과 흰 전신주들의 행렬. 버드나무는 제 그림자를 집 안의 마당에다 늘어뜨려놓긴 했지만 몸은 들판과 산 쪽으로 기울어져 있었다. 조그만 바람에도 쉬이 흔들리는 작은 잎들을 온몸에 매달고 키 큰 버드나무는 늘 집을 떠나 마을을 떠나 산 너머를 꿈꾸는 듯했다. 그 나무에 기대어 나도 온종일 산을 넘어가는 붉은 길과 흰 전신주들을 바라보곤 했는데 그럴 땐 어쩐지 늘 슬펐다. 그런 교감을 나누던 버드나무는 언제였는지 모르게 베어졌고 이젠 흔적도 없다. 버드나무는 어디로 가서 어떤 의자가 되었을까. 나뭇가지에 매달리던 흰 별들과 푸른 달빛들의 무덤은 어디일까. 의자 하나가 늘 등 뒤에 앉아 있다.

거리

세상과 사람들과의 적당한 거리 유지가 늘 힘들다. 제도

와 규범, 관습과의 알맞은 거리 유지는 더 힘들다. 그래서 그런 거리들을 버리기로 했다. 너무 늦은 자각이다. 처음엔 자신에게 걷잡을 수 없이 함몰되어 내 안에서 들끓는 언어들을 제어장치 없이 쏟아냈던 것 같다. 언제부턴가 아주 차가운 제어장치가 생겨나서 분출하는 언어들, 이미지들을 가로막기 시작했다. 반성 혹은 환멸이라는 이름의 제어장치. 하지만 그 제어장치들을 기어이 뚫고 나와 언어가 되는 것들은 막지 못했다. 그렇게 태어난 것들을 내가 아닌 양, 내 것이 아닌 양 아주 차가운 시선으로 바라본다. 이건 자아분열도 도플갱어도 아니다. 의식적인 태도는 더욱이 아니다. 시를 바라보는 이런 태도, 시를 인식하는 이런 거리가 너무 차갑게 멀어서 때때로 섬뜩하다. 비수, 툰드라 혹은 빙산. 이런 것들이 나의 본령이었을까.

흰 말

말 한 마리가 날마다 태어난다. 뒤척이는 불면의 시간들을 뚫고 잡다한 독서와 음악과 영화들을 잠재우고 어쩔 수 없다는 듯 부스스 일어나 컴퓨터의 모니터를 켜고 태어난다. 강박증과 편집증, 신경쇠약의 핏줄에서 스물스물 기어나온다. 그렇게 태어나서 어쩌겠다는 것인지에 관한 확신도 없이, 수많은 편견과 오해와 오독과는 상관없다는 무책임한 얼굴과 앙상한 몸피로 어둠 속을 일어선다. 날마다 흰 말 한 마리가 닫힌 방문을 열고 소리 없이 들어와 어둠 속을 어슬

렁거린다. 아침이 밝아올 때까지. 쫓아낼 수 없는 말, 말은
날마다 새로 태어난다. 죽지 않는다.

제품

한 편의 시는 한 개의 전자제품이다. 반짝이는 다양한 색
깔의 외관을 가진 제품의 뒷면에는 뒤엉킨 전선들과 복잡
한 회로와 다양한 공식들로 이루어진 체계가 숨어 있다. 하
지만 아무도 제품의 내부에 관해서는 알려고 하지도 않고
알 필요도 없다. 그저 스위치만 누르면 달려나오는 기능들
만 즐기면 그뿐이다. 어쩌면 시인들은 그 복잡다난한 전선
과 회로들을 가장 편리하게 단순화시키는 기술자들이다. 그
기술의 숙련도와 난이도는 제각각 다르지만 사람들은 그저
제 취향에 맞는 제품을 골라 가지면 된다. 나 또한 때때로
는 외관이 아름답지도 않고 좀처럼 켜지지 않을뿐더러 아
무 쓸모도 없어 보이는 제품을 선호한다. 반짝하고 불이 켜
질 때를, 지지직하고 소음이 들릴 때를 꿈꾸며 끌어안는다.
아니, 그건 끝내 켜지지 않을 고철 덩어리라고 해도 상관없
다. 아무도 거들떠보지 않아 버려진 고철 덩어리 사이를 걷
는 일도 행복하다. 쉽고 아름다우며 견고하기까지 한 제품
들은 내 것이 아니라는 생각이 나의 주인. 왜, 언제부터 그
랬는지 알 수 없는 건 모두 체질일 테니.

침묵

물고기에게 혀가 있었다면 바닷속이 시끄러웠을까. 물속 같은 고요라는 표현은 거짓말이 되었을까. 전달, 교류, 소통이라는 기능을 가진 언어에 관해 때때로 역겨움을 느낀다. 혀는 왜 새빨갛지? 그래서 새빨간 거짓말이 된 걸까? 그럼 시퍼런 진실이란 말은? 물고기가 죽어서도 눈을 감지 못하는 건 그들에게 혀가 없기 때문이 아닐까? 언어의 역기능과 만날 때마다 나는 침묵에 관해 생각한다. 도피나 회피의 수단이 아닌 하나의 언어로서의 침묵. 언어 이전의 언어, 언어 너머의 언어로서의 침묵. 갖가지 형태와 빛깔을 지닌 물고기들이 살고 있지만 아무도 깨뜨릴 수 없는 물속의 고요 같은 침묵. 그런 절대언어에 관하여 꿈꾼다. 시인들은 모두 한낱 보잘것없는 몽상가에 불과하다고 할지라도.

말과 어둠의 경계에 서는 전위성

허만하(시인)

1.

우리들이 그 속에 잠겨 있는 바깥을 시의 현실로 삼는다면, 인식 이전에 우리의 몸이 모든 감각을 동원하여 어루만지는 바깥은 언어와 어떤 관계에 있는 것일까? 이런 엉뚱한 (반시적인) 질문을 먼저 설정하고(작업 가설) 이 질의에 대답하는 과정을 시 쓰기의 주제로 삼고 있는 특이한 시인이 있다. 그 시인은 김형술이다. 1992년 『현대문학』을 거쳐 등단한 그 이름은 우리에게 전혀 낯선 것이 아니지만, 그가 펼쳐 보이는 시 세계는 우리에게 낯선 것으로 다가선다. 위에서 말한 특이한 주제와 그 주제를 중심으로 다양한 각도로 펼쳐지는 투명한 시적 표현을 김형술의 다섯번째 시집 『무기와 악기』에서 읽을 수 있다. 시에 대한 이러한 접근은 기존의 어느 체계에도 속하지 않는 새로운 방법이다. 이번 시집의 새로움은 얼핏 철학적으로 보이는 관념을 시의 물질적 소재(素材)로 삼고(난해성이란 희생을 무릅쓰고) 그 대리석 같은 소재에 언어의 드릴로 구멍을 뚫고 내부의 살을 들추어내어 소재 자체를 시적 경험으로 전환시켜 그것을 표현으로 이끌어내는 참신한 수법에 있다. 이 시인 개인으로나 시사적으로나 기존의 방법과는 뚜렷한 단층을 보이는 데서 우리는 그의 새로움을 느끼는 것이다. 시의 방법이란 우리들이 세계를 헤치고 들어가는 수순 그 자체다. 시에 있어서는 방법이 그대로 시의 내용이 될 수 있다. 특히 김형술의 시집 『무기와 악기』는 이러한 사실을 확인해준다. 그가 추구하는 것이 시 쓰기를 위하여 가상한 주제의 결과가 아니라 과정이란 면에서 그의 행보를 여행자의 그것에 비겨 볼 수 있다. 그 걸음은 시인 자신의 자각 여부와 무관히 벌써 한 경계를 넘어서 있는 것이다. 재래의 시에서 일탈한 자리에서 그는 시에서만 가능한 방법으로 우리들을 새로운 바깥으로 인도한다. 우리가 그의 작품들에서 읽는 것은 그 새로운 바깥이다. 이번 시집에서 그가 잡은 모티브가 앞으로 전개될 광활한 지평의 잠재적인 가능태란 사실을 그의 신선한 시적 감수성은 거의 본능적으로 깨닫고 있는 것이 틀림없다. 그 깨달음은 시를 영속화하기 위한 운동·변화의 미학에 겹친다. 그런 면에서 이번 시집『무기와 악기』는 야심적이고 도전적이다. 독자들도 그가 이 시집에서 펼쳐 보이는 낯선 관념의 풍경이 시의 영역을 확장하기 위한 진지한 탐색의 자연스럽고도 필연적인 소산이란 사실을 저자와 함께 느낀다. 그의 언어는 아메바의 위족(僞足)이다. 그의 전 감각은 첨단이다. 그는 언어의 촉감으로 보이지 않는 세계를 청맹과니처럼 더듬고, 그 깊이와 넓이를 느끼고, 그 현실에 공감하거나 적의를 느낀다. 그러나 그의 시적 문체의 저쪽은 여전히 자·적외선 바깥의 어둠이다. 그 어둠은 다시 그의 시를 유혹한다.

2.

 김형술의 다섯번째 시집 『무기와 악기』를 읽고 나는 먼저 그가 제시하는 침묵 앞에서 당황했다. 그것이 비록 어둠이 아니더라도, 이와 같은 관념이 시의 전경(前景)으로 서슴없이 모습을 드러내는 일은 지금껏 그의 네 권 시집 (『의자와 이야기하는 남자』 1995, 『의자, 벌레, 달』 1996, 『나비의 침대』 2002, 『물고기가 온다』 2004)에서 볼 수 없었던 현상이기 때문이다. 그가 말하는 침묵의 정체가 칸트의 물 자체(Ding an sich)인지 또는 인간의 논리 이전의, 또는 논리 저쪽의 아득함인지 결정하지 못한 나는 그 카오스의 입김에 잠시 당황할 수밖에 없었던 것이다. 그리고 여태까지 신선하고도 감각적인 은유(이번 시집에도 그 능력은 얼비치고 있다)로 세계를 읽던 김형술이 갑자기 드러내 보이는 관념적인 모티브에 조금 놀라기도 했다(물고기의 몸속에서 반짝이던 가을 바다 =「벽 속의 말」; 까마귀를 말하는, 흑요석 부리 속에 선혈의 혀를 숨긴 저 우아한 날것 =「아침」). 이 변용이 그의 시의 자연스러운 성숙을 말하는 것인지 또는 그의 언어 공간에 깊이를 더하는 자각적인 변신의 표현인지를 생각하면서 그의 시편들을 읽어나갈 수밖에 없었다. 그러나 사실 이 두 가지는 동일한 사태의 앞뒤에 지나지 않는다. 어느 쪽이든 그것은 모더니즘 이후의 언어의 실질적인 개편을 외롭게 수행하는 그의 몸짓이기 때문이다.

흔들리는 땅 가까스로 딛어
세상 끝에 닿는다면
그렇다면

저 물고기들에게 혀를
내 뜨거운 머릿속에 창문을
그리고 정오의 저잣거리 한가운데
서늘한 묵언 하나를 세워주시겠는지

스스로 머리를 쓰다듬고
목덜미를 어루만지며
혀를 씻는 침묵 미사의 시간을
보내시겠는지

여전히 내가 할 수 있는 건
햇빛 와글대는 한낮으로 나서는 일
　　　　　　　　　—「여름 기도」 부분

　눈부신 정오의 도시에서 만나는 이 묵언은 다시, 말을
통한 소통이 없는 「무인도」에 그 자리를 옮겨서 수직의 기
둥이 된다.

어떤 물의 비유도 범접하지 못하는 묵언의 자존 하나가
거기 있다. 떠나고 또 떠나서 아주 멀리. 아무것도 가지지
않아 강건한 빈 마음으로 서 있는 듯 떠다니는 듯.
　　—「무인도」부분

까마귀는 죽은 심장에 혀를 대지 않는다. 새벽의 푸른
혈관에만 부리를 꽂는다. 무심한 눈빛 속에 담겨 있는 무
한천공, 아득한 어둠
　　—「아침」부분

인식의 벼랑 끝에서 만나는 아득한 어둠을 나는 그가 말
하는 '침묵'으로 읽으며 그의 시에 내재하는 이중 구조(모
순율의 미학)에 눈길을 돌린다.

언어를 버려서 너는 언어다. 사방 드넓게 열린 언어만이
사나운 바람을 길들이지 않는다.
　　—「무인도」부분

무슨 말로 나무를 그릴 수 있나
어떤 주문으로 나무 속에 들어갈까

나무는 말을 버리고
말은 나무를 이해하지 못한 채

그저 숲가를 서성이는데
　―「말과 구름과 나무」 부분

　소담한 이 한 폭의 수채화 「말과 구름과 나무」에서 그는
주체와 세계 사이의 틈새를 말로 메우려 시도한다. 하이데
거에 원류를 두고 있는 말, 에 대한 이런 이해를 나는 역으
로 해석한다. 세계와 인간의 틈새에 말이 있는 것이 아니라,
말에서 세계와 주체가 태어나는 것이다. 김형술은 그의 목
장에서 말(공교롭게도 우리의 모국어는 두 가지 다른 의미
를 이 한마디에 포개어두고 있다)을 기르며 그 말에 비약과
고약한 뒤틀림과 잠재적인 폭력을 먹이고 있기 때문에 그의
말은 수시로 불온하다(때로는 밤의 입술에서 선혈을 흘리는
상처가 되기도 한다). 실제로 김형술의 목장에는 거대한 거
울이 있고 그 거울 안에서는 원근법이 역전하고 벽(한계)에
걸려 있는 거울은 없는 탈출구를 비친다. 그는 "벽 속에 갇
힌 말의 냄새들/ 맡는다."(「벽 속의 말」) 그가 발명한 시의
거울 안에서 존재는 부재의 블랙홀 안으로 빨려들어서 새로
운 부재가 된다. 이미지가 이미지와 불손하게 결합하여 이
세상에 한 번도 없었던 제삼의 이미지가 되기도 한다. 거울
과 어둠은 서로 역조사하여 밤은 빛이 되고 빛은 밤이 된다.
"거울을 삼킨 어둠/ 어둠을 삼킨 거울"(「어둠 속의 거울」)
　전달할 시니피에가 없을 때 그의 말은 물 안에서 헤엄치
기 시작한다. 헤엄치는 은빛 번득임은 그가 어릴 적 바라본

버드나무 잎사귀인지 물고기인지 그렇다. 어릴 때 그가 바라보았던 개울가 버드나무의 기울기는 이 시집에 수록되어 있는 두 그루 나무(「죽은 나무의 말」, 「나무 거울」)의 원형이다. 때로 그의 시는 지느러미를 흔들며 시간을 소급하는 것이다.

    말이 있다

    어떤 이는 말의 눈을 사랑하고
    어떤 이는 비단 같은 갈기
    또 어떤 이는 말의 안장을

    누군가는 말의 이빨을 찬양하고
    또 누군가는 말의 재갈을 쓰다듬고
    제각기 강철 말굽에 말굽 표식을 남기며

    나는 말을 가졌네
    나는 말하는 몸을 가졌네
    노래하지만

    세상의 마굿간은 텅텅 빈 채
    낡은 고삐엔 바람만
    주렁주렁 매달려 있다

내가 방목한 말들
내가 사육한 말들의 무덤은
어디일까

어디에나 말은 있어

어떤 이는 말의 뼈를 찾아헤매고
어떤 이는 말의 영혼을 꿈꾸고
또 어떤 이는 달아나버린 말의 그림자를
암벽에다 새기는데
　—「몽골」 전문

　그 말들은 시시각각 거대한 어둠을 향하여 몸을 던지고 있는 것이다. 그 투신은 일상적인 것을 넘어선 근원적인 것에 접근하는 아름답고도 위험한 수단이다. 그리고 그것은 우연히 피투성(被投性)의 뒤집어진 상징이 되기도 한다. abject(크리스테바)의 ab(분리)와 ject(던져진 것)의 피투성은 언어에 깨끗하게 환원되지 않는 경험 영역의 가장 불온한 부분에 초점을 맞추어 세계를 감각적으로 사귀려, 또는 서늘하게 인식하려 '청맹의' 손을 내뻗는다. 그는 태어날 수 없었던 언어를 자기의 깊이 속에 감추고 있는 바다 안에서 물고기를 길들이고 기르면서 시를 산다. 그의 키워드의 하나가 되어 있는 물고기는 촉감이다. 그가 발명한 물고기는 나에게, "인간에 있어서 가장 깊은 것은 피부다"라 말했던 발레리의 언설을 상기시켜준다. 피부는 사막처럼 건조할 수 있지만 대체로 축축하거나 점액질적이다. 물고기의 미끈미끈한 감촉은 그의 시에서 흔히 입이나 혀가 되어 나타난다. 그 입과 혀는 탐미적인 냄새를 풍기지만, 말을 쏟아내는 부드러운 장치로 변신하는 이중의 기능을 수행한다.

김형술의 시는 문제·주제를 암시하면서도, 중첩적인 목소리를 섞는 폴리포니 안에서 최종적인 결론을 언제나 지워버린다. 때로는 언어가 의미를 맺으려 할 때 다음 시어 또는 행으로 의미가 고착하지 않도록 미끄러뜨리는 방법으로, 어떤 때는 잠자리같이 꼬리가 잘려 있는 최종행으로 의미의 완성을 방해하는 기법을 보인다. 이 미진함은 여운이 되기도 하지만 산문적인 뚜렷한 결론에 길들여진 정신에게는 섭섭한 울림으로 남는다. 이런 몸짓은 읽기의 가능성을 끝까지 더듬게 하는 텍스트에 부합한다. 결정적인 윤곽을 가질 때 그 사물은 죽어버린다고 이 시인은 생각하는 것 같다. 일원적인 차원에서 '전달하고 싶은 것(메시지)'이 모습을 드러내기 시작하면 그의 시는 바로 말 이전의 '말하려 하는 것'이 되어버린다. 이러한 '말더듬'이 오히려 세계와 주체 사이의 참된 관계를 표현하는 정직한 자세일지 모른다. 독자가 그의 시에서 느끼는 것은 감동이 아닌 공감("이미 내 몸은 커다란 공명판이다"—「무기와 악기」) 내지는 동의다.
그의 언어미는 새침할 수 있다. 언어의 출현은 구별의 출현
이다. 그는 그 구별의 경계를 자각적으로 지운다. 그레이 존
(gray zone)으로서의 세계를 그대로 승인한다.

　　눈뜨지 말아라 부디 꽃이여
　　눈을 뜨는 순간
　　이름을 가지는 순간 우린 모두
　　헤어날 수 없는 지옥을 갖게 되리니
　　—「말의 지옥」 부분

　이 구절은 언제나 지금 막 펼쳐지려 하고 있는(펼쳐지지
않는) 말을 설정하고 말에 상처 받는 운명으로서의 인간을
노출한다. 그의 어법은 자기의 언어 공간에 갇혀 있는 상황
을 일원적인 논리가 아닌 의미의 다층적인 구조에 이미지의
가능성을 더하는 새로운 미학에 흥미를 보인다. 바깥과의
소통을 바라면서도 소통을 거부하는 벽을 생각한다.

　　세상의 벽들은 모두 거울을 가졌고
　　거울은 늘 문들을 비쳐 보이지만
　　벽만한 문은 없고
　　거울만한 침묵 어디에도 없어
　　—「벽과 거울」 부분

언어화가 불가능한 카오스의 말이 침묵이라 생각하고 이 시집을 읽어나간 끝에 나는 말미에 수록되어 있는 「시인의 산문」에 '침묵'이 있는 것을 보고 반가웠다. 이번 시집의 두 드러진 키워드인 침묵의 정체에 대해서 다시 생각해볼 수 있게 된 것이다.

"물고기가 죽어서도 눈을 감지도 못하는 건 그들에게 혀 가 없기 때문이 아닐까?"

물음표를 달고 있는 이 시적인 아포리즘은 말에 대한 거의 완벽한 신뢰와 세계에 대한 지극한 사랑을 말하고 있다. 죽 어서도 눈을 뜨고 있는 물고기의 안타까움은 말과 삶은 거 의 겹쳐 있기 때문에, 말한다는 것은 산다는 것에 다름 아니 란 대전제를 말하는 것이다. 나는 짭짤한 이 단문을 그렇게 읽었다. 세계 안에서(하이데거), 또는 세계라는 벼랑 앞에 서 말을 가지지 못하는 존재의 비극성을 여실히 지적하면서 도, 말의 역기능을 무시하지 못하는 갈등을 시인은 이 언표 안에 면밀하게 감추어놓았다. 김형술의 시는 더욱 이 갈등 을 태반으로 말을 생산하고 있다. 모순은 아름다운 것이다. 미학은 당연히 아리스토텔레스 논리학을 앞지른다. 이번 시 집 『무기와 악기』에서 앞선 시집 『물고기가 온다』(2004)를 통해 싹을 내밀었던 말에 관한 시편들이 아직은 원숙하지는 못한 대로, 탱탱한 연두색 솔방울 무게로 그의 나무에 주렁주렁 열려 있는 것을 본다. 김형술 시인은 인간의 '알고 있음'을 완벽하게 불신한다. 시인에게 창조는 청맹의 존재가 되는 일밖에 없다고 믿는다. 그 청맹은 어둠 속에서 아메바의 위족처럼 말을 내밀고 바깥을 더듬는 것이다. 그것은 "촉시(觸視)적 haptique 접근을 초월한, 여러 감각의 합성"(들뢰즈)일지도 모른다. 이번 시집 작품들은 이런 기본 구도를 떠올려준다. 그가 선보이는 새로운 언어는 언어와 어둠의 경계에서, 자연 또는 인공의 매개 없이, 관념을 중심으로 번식한다. 느닷없는 화산의 폭발 같은 변신이 아닌 은은한 지열 같은 그의 변용을 나는 뜨거움으로 느끼며 시인의 본질적인 의무를 외롭게 수행하는 그의 정열을 독자와 함께 기억하며 축하한다. 그가 발견한 것은 언어의 역기능이라기보다, 허수(虛數)의 언어로서의 침묵이다. 그는 달의 뒷면을 본 것이다.

"하나의 언어로서의 침묵, 언어 이전의 언어, 언어 너머의 언어로서의 침묵."

3.
우리들의 언어는 침묵의 소용돌이 안에서 침묵을 보강하는 반짝임에 지나지 않는다. 언어는 거대한 침묵의 지배에 가담하는 노이즈(noise)다. 김형술이 말하는 침묵은 침묵의 윤리가 아니라 의미를 생성하고 차이화를 가능하게 하는 언어의 해안선 너머의 무한이다. 자연을 인위적인 제도(노모스)로 질서화할 때 나타나는 것이 세계다. 질서화할 때 삭제된 것은 존재하지 않는 것이 아니다. 그것은 지속적으로 있다. 그러나 그것은 인간의 세계 안에서는 존재하지 않는 것이다. 김형술이 '어둠'이라 이름 지은 것의 정체는 인간의 감각을 초월한 이런 존재가 아닐까 억측해본다. 그것은 우리들 몸 안에 침입하여 말을 조종하는 거대한 침묵이다. 김형술이 즐기는 환상은 미지의 세계에 대한 언어의 몸 던짐이며, 끊임없는 가능성을 여는 꿈의 메커니즘이다. 창조성은 그것이 순수할수록 외로움의 위험을 벗 삼는다. 그가 즐겨 쓰는 환상적 수법이 엮어내는 지적이면서도 화사한 복합적 이미지의 올과, 무표정한 관념이 『무기와 악기』에서 맞물려 싱싱한 텍스트를 이루는 것을 우리는 보았다. 그것은 모더니즘을 '시의 입체파'라 불렀던 옥타비오 파스의 정의를 상기하게 한다. 나는 의외로 단순한 그의 시에 지나치게 현학적인 옷을 덧입힌 일을 반성한다. 그러나 그의 시는 그런 현학성을 불러들이는 손짓을 가지고 있다. 우리는 이번 시집 『무기와 악기』가 읽기가 끝날 수 없는 가능성으로 숨 쉬고 있는 것을 느꼈다. 언어의 아포리아를 시의 촉수로 탐색하는 한 시인이 스스로 쌓은 고독의 성채를 소통의 회로로 삼고 있는 역설을 읽었다. 말 속에서 침묵하고 있는 것, 침묵 속에서 은빛 소리를 지르고 있는 이상한 실체를 이번 시집에서 만났다. 그것은 어둠이 제자리에서 그대로 빛나고 있는 것 아니면 그의 실험 정신의 현전이 틀림없다.

김형술 경남 진해에서 태어났다. 1992년『현대문학』을 통해 등단했다. 시집으로『의자와 이야기하는 남자』『의자, 벌레, 달』『나비의 침대』『물고기가 온다』가 있다.

문학동네시인선 014

무기와 악기

ⓒ 김형술 2011

1판 1쇄 2011년 12월 25일
1판 3쇄 2024년 7월 19일

지은이 | 김형술
책임편집 | 김민정 편집 | 정세랑 이수영
디자인 | 수류산방(樹流山房) 본문 디자인 | 유현아
저작권 | 박지영 형소진 최은진 오서영
마케팅 | 정민호 서지화 한민아 이민경 안남영 왕지경 정경주 김수인 김혜연
          김하연 김예진
브랜딩 | 함유지 함근아 박민재 김희숙 이송이 박다솔 조다현 정승민 배진성
제작 | 강신은 김동욱 이순호 제작처 | 영신사

펴낸곳 | (주)문학동네
펴낸이 | 김소영
출판등록 | 1993년 10월 22일 제2003-000045호
주소 | 10881 경기도 파주시 회동길 210
전자우편 | editor@munhak.com
대표전화 | 031) 955-8888 팩스 | 031) 955-8855
문의전화 | 031) 955-2696(마케팅), 031) 955-2678(편집)
문학동네카페 | http://cafe.naver.com/mhdn
인스타그램 | @munhakdongne 트위터 | @munhakdongne
북클럽문학동네 | http://bookclubmunhak.com

ISBN 978-89-546-1677-5 03810

www.munhak.com

문학동네